Le jeu de l'amour et du hasard

FichesdeLecture.com

Le jeu de l'amour et du hasard (Fiche de Lecture)

I. INTRODUCTION

Le Jeu de l'amour et du hasard est une comédie en trois actes et en prose. Elle est écrite par Pierre Carlet de Chamblain de Marivaux (1688-1763) et représentée pour la première fois le 23 janvier 1730 à l'hôtel de Bourgogne, à Paris.

Avec cette pièce, Marivaux n'en est pas à son coup d'essai, puisque cela fait déjà une décennie qu'il multiplie les succès au théâtre : *Arlequin poli par l'amour, L'Ile des esclaves...* même si certaines de ses pièces n'obtiennent qu'un accueil réservé, à l'image de la *Seconde surprise de l'amour*. Précisons toutefois que les réactions ne sont pas les mêmes en Italie et en France. Marivaux est également romancier, puisqu'il est l'auteur de la *Vie de Marianne*.

Quoi qu'il en soit, la pièce présentée ici met en scène un échange d'identités entre maîtres et valets, processus qui conduit à ce fameux « jeu de l'amour » et à un questionnement sur les conventions sociales.

II. RÉSUMÉ DE LA PIÈCE

Acte I

Orgon a décidé de marier sa fille Silvia à Dorante, qui est le fils d'un de ses amis. Mais la jeune femme est inquiète, car elle ne connaît son futur époux que de réputation. Son père lui accorde donc de pouvoir échanger sa place avec celle de sa domestique Lisette, afin d'observer son prétendant en toute tranquillité. Silvia et Lisette échangent leurs vêtements et leurs rôles.

Or Dorante a eu la même idée, ce que raconte Orgon à son fils Mario. Il va donc venir à leur domicile sous les traits d'un serviteur dénommé Bourguignon, tandis que son valet Arlequin prend son identité.

Orgon comme Mario décident de garder le silence sur le stratagème, afin de voir ce que ce jeu réserve à ses protagonistes.

Dorante est très attiré par celle qu'il pense être une domestique. Il fait de nombreux compliments à la jeune femme et se montre plein d'esprit, ce qui trouble Silvia. Cette dernière tombe en effet rapidement sous le charme de Bourguignon, qu'elle trouve distingué.

Acte II

Les rencontres entre les quatre jeunes gens sont autant de quiproquos. Lisette et Arlequin se complaisent dans leur rôle et leur nouvelle identité de maîtres pour essayer de charmer leur interlocuteur, qu'ils pensent être de haut rang.

Parallèlement à cela, Dorante et Silvia sont troublés, car attirés l'un vers l'autre, ils sont surpris d'être sous le charme de valets, personnes au rang social inférieur. Une certaine exaspération transparaît également, dans la mesure où Silvia se rend compte que Lisette est en train d'obtenir l'amour de celui qu'elle pense être Dorante. Cela la blesse dans sa fierté, d'autant qu'elle doit aussi être le témoin de reproches adressés au faux Bourguignon, qui continue de lui faire la cour sous les commentaires narquois d'Orgon et de Mario.

Lisette informe Orgon que le « pseudo-maître » (en fait Arlequin) répond à ses avances. Orgon s'amuse à lui donner l'autorisation de poursuivre dans cette direction.

Puis Dorante cède et révèle à Silvia sa véritable identité. Il lui avoue sa douleur « puisqu'il ne m'est pas permis d'unir mon sort au tien ». Silvia est soulagée et a obtenu sa revanche sur la situation. Toutefois, elle décide de poursuivre le jeu et de ne pas révéler sa propre identité.

Acte III

Dorante accorde à son valet Arlequin le droit de se marier avec la « fille d'Orgon » ; mais il doit révéler son identité avant toute chose. Pendant ce temps, Mario se fait passer pour le rival de Dorante, avec la complicité de Silvia et Orgon. Il espère ainsi pousser ce dernier au mariage, sans qu'il tienne compte de la différence sociale entre lui et la fausse servante.

Lisette et Arlequin se déclarent, puis Dorante demande Silvia en mariage, en lui affirmant que « Le mérite vaut bien la naissance ». La vérité éclate au grand jour pour tous les personnages.

Tout se termine donc bien, et sur un mot comique d'Arlequin.

III. PRÉSENTATION DES PROTAGONISTES

Monsieur Orgon

Le père de Silvia est un personnage récurrent dans la Commedia dell'arte. Mais il est ici plus doux, plus fin et moins autoritaire que le personnage d'Orgon tel qu'on le retrouve dans d'autres pièces.

Ici, il incarne une figure de la générosité ; mais c'est aussi un homme libéral, qui est prêt par sens du jeu à autoriser ces échanges d'identité.

Silvia

La fille de Monsieur Orgon est l'héroïne de la pièce. Elle a de nombreux préjugés, notamment dus à sa naissance et son éducation aristocratique. Cependant, sur certains points, elle se montre presque féministe, en tout cas anticonformiste. On le voit d'ailleurs dès la proposition de l'échange des identités avec la suivante Lisette. Elle aspire à une certaine liberté, et veut donc observer son mari avant de l'accepter. On a l'impression que le bonheur individuel compte plus que la nécessité familiale à ses yeux, ce qui en fait un personnage moderne.

Dorante

Lui aussi est un aristocrate, fils d'un vieil ami de Monsieur Orgon. Il est promis à Silvia, mais a décidé lui aussi d'échanger sa place avec celle d'Arlequin, son valet. Il devient donc Bourguignon. On voit dans ses paroles et les compliments adressés à Silvia (qu'il pense être une suivante) que Dorante est un homme plein d'esprit et très bien éduqué.

Le fait qu'il demande Silvia en mariage à la fin de la pièce montre qu'il est disposé à laisser l'amour triompher, et qu'il l'estime supérieur à la distinction entre les classes sociales.

Toutefois, il n'est pas toujours respectueux de son valet.

Mario

Mario est le fils d'Orgon et donc le frère de Silvia. Il s'amuse énormément de la situation.

Dans le dernier acte, il pousse Dorante à se montrer jaloux, pour que ce dernier demande sa sœur en mariage.

Arlequin

Comme Orgon, on le retrouve souvent dans les pièces de la commedia dell'arte. Le valet de Dorante est comique, bouffon et très agile et actif sur la scène, puisqu'il fait des « culbute(s) ».

Son langage est tantôt familier, tantôt raffiné ; on voit à quel point le jeu est un élément important chez lui. Pour autant, il n'est pas très crédible dans la peau de son maître.

C'est lui qui achève la pièce sur une remarque comique.

Lisette

Lisette est elle aussi typique des personnages de la comédie. La jeune soubrette a beaucoup d'esprit, et elle frôle parfois l'impertinence par son espièglerie.

On voit par son entreprise de séduction qu'elle aimerait bien progresser socialement. Même Silvia en l'écoutant finit par penser que sa servante pourrait prendre sa place, ce qui suscite de la jalousie en elle.

Lisette a un don certain pour lire les gens, puisqu'elle s'aperçoit rapidement de l'attirance de sa maîtresse pour Dorante.

IV. AXES DE LECTURE

L'ambiguïté de la lecture sociale

Le jeu de l'amour et du hasard va moins loin que *L'île aux esclaves* ou *La fausse suivante* sur le thème de l'échange des fonctions sociales. Mais c'est tout de même une dimension majeure de l'ouvrage, qui choisit de traiter ce sujet en le liant plus étroitement à la question de la naissance de l'amour.

Tout s'ouvre par le choix des maîtres de se travestir en valets. Il s'agit de confronter une position sociale à l'ensemble des sentiments amoureux éprouvés (ou non) par les protagonistes. Cela permet également de s'interroger sur l'aliénation sociale, mais aussi sur la dialectique du mensonge et de la vérité, de l'illusion, des faux-semblants et de la véritable nature individuelle.

Orgon à cet égard apparaît comme le maître du jeu, celui qui organise et manipule ses pantins, afin de voir si la nature (des sentiments) l'emportera sur les conventions sociales.

Mais ce qui peut apparaître comme résolument moderne et anticonformiste, à savoir mettre de côté son rang pour se concentrer sur les sentiments humains, doit en fait être lu avec prudence.

En effet, on note que la pièce se termine bien, puisque chacun trouve l'amour ; mais on s'aperçoit alors que le valet choisit la suivante, tandis que les aristocrates se reconnaissent...

Certes, Dorante accepte d'épouser celle qu'il pense être une domestique. Mais c'est bien un triomphe du code social, de manière certes plus dissimulée. Tout se passe comme si le cœur reconnaissait l'ordre social. L'ambiguïté est donc préservée et soigneusement entretenue par l'auteur, puisqu'il s'empresse d'y ajouter la déclaration de Dorante : « Le mérite vaut bien la naissance ». Il est vrai que c'est une réflexion récurrente au XVIIIe siècle, et ce déchirement parcourt la pièce, qui reconnaît le déterminisme social tout en condamnant les préjugés liés au rang d'un individu. C'est pour cela aussi que le langage est très spécifique chez Marivaux, puisque le discours amoureux des personnages est à la fois empreint de sincérité troublée, mais aussi véritable parodie de l'amour courtois, de la préciosité et de ses codes. Cela n'empêche pas que le vocabulaire soit un véritable révélateur de la place sociale d'un individu.

De plus, Dorante comme Silvia s'éloignent des libertins aristocrates tels qu'on a pu les concevoir dans d'autres pièces, pour se rapprocher d'une figure qui leur est contemporaine : celle de l'individu, un concept en plein essor au cours du siècle de Marivaux.

Une structure brillante

Si le thème du parallélisme entre valets et maîtres n'est pas nouveau au théâtre, en revanche Marivaux en a fait un ressort dramatique extrêmement puissant.

Car le dramaturge a combiné cette thématique à une inversion des rôles. Il avait déjà expérimenté ce système dans *L'Ile des esclaves* et *La fausse suivante*, mais la version qu'il nous en livre ici est beaucoup plus complexe et efficace.

Se mêlent alors le désarroi et le trouble des maîtres (qui est double, l'un envers l'autre, mais aussi à travers la vision de leurs valets) et les aspirations des suivants. Car les premiers sont désarçonnés par une attirance qui n'est pas de leur rang, tandis que les valets se surprennent à rêver d'ascension sociale et de mariages de haut rang.

Le jeu prend alors une tournure étrange. Car Marivaux a élaboré un système de tromperie, d'illusion et de faux-semblant presque parfait dans sa conception. Tous les protagonistes ont un rôle à jouer dans le processus de déguisement et de prise d'identité d'un autre. D'ailleurs, le thème du masque est présent dans la pièce et lui donne une allure souvent déstabilisante. Qui est qui ? Qui devient qui ou qui souhaite-t-on devenir autre ?

Pour autant, le dramaturge ne cède pas à la facilité. Car de tels procédés dramatiques (les rôles, les déguisements, l'échange des identités, l'inversion des évolutions des protagonistes) nécessitent un grand sens de la subtilité. Or Marivaux prouve qu'il en est capable. Si l'on prend l'exemple des deux « couples », on voit que leur symétrie inversée finit par s'atténuer vers le moment final de l'aveu. Chez les valets, tout se passe dans la joie et l'amour réciproque, tandis que la résolution des aristocrates relève bien moins de la comédie que d'un choix existentiel, d'un défi des sentiments à la convention.

De plus, autre subtilité, Marivaux évite de confronter directement Silvia et Arlequin, ou encore Lisette et Dorante. D'aucuns ont prétendu que c'était pour préserver les susceptibilités de l'époque. Rien n'est moins sûr cependant ; car au final, *L'Ile des esclaves* est allée bien plus loin dans la violence des confrontations.

C'est peut-être plutôt pour éviter des scènes trop attendues et donc lassantes que Marivaux a privilégié les scènes de dupes, plus à même de développer des quiproquos originaux et des doubles sens.

Les procédés comiques

Le comique développé par Marivaux dans sa pièce n'a rien d'original, mais il est très efficace. On y retrouve notamment la force de personnages tels qu'Arlequin et Lisette, directement issus de la comédie italienne et, en tant que tels, puissants ressorts comiques.

Les procédés de répétition donnent une dynamique importante au comique de la pièce, de même que le recours à la parodie et à la satire. Le jeu d'Arlequin est, à cet égard, très révélateur : il imite le langage de son maître, ses codes, les attitudes aristocrates telles que le baisemain, tout en jouant sur son propre comique de geste, qui le pousse à des culbutes régulières.

Du point de vue du langage, enfin, le dramaturge a privilégié la finesse des traits d'esprit. Dialogues vivaces, prompts et subtils : on retrouve bien là l'empreinte du théâtre de Marivaux, un comique basé sur la dimension théâtrale du dialogue.

Dans la même collection en numérique

Les Misérables
Le messager d'Athènes
Candide
L'Etranger
Rhinocéros
Antigone
Le père Goriot
La Peste
Balzac et la petite tailleuse chinoise
Le Roi Arthur
L'Avare
Pierre et Jean
L'Homme qui a séduit le soleil
Alcools
L'Affaire Caïus
La gloire de mon père
L'Ordinatueur
Le médecin malgré lui
La rivière à l'envers - Tomek
Le Journal d'Anne Frank
Le monde perdu
Le royaume de Kensuké
Un Sac De Billes
Baby-sitter blues
Le fantôme de maître Guillemin
Trois contes
Kamo, l'agence Babel
Le Garçon en pyjama rayé
Les Contemplations

Escadrille 80

Inconnu à cette adresse

La controverse de Valladolid

Les Vilains petits canards

Une partie de campagne

Cahier d'un retour au pays natal

Dora Bruder

L'Enfant et la rivière

Moderato Cantabile

Alice au pays des merveilles

Le faucon déniché

Une vie

Chronique des Indiens Guayaki

Je voudrais que quelqu'un m'attende quelque part

La nuit de Valognes

Œdipe

Disparition Programmée

Education européenne

L'auberge rouge

L'Illiade

Le voyage de Monsieur Perrichon

Lucrèce Borgia

Paul et Virginie

Ursule Mirouët

Discours sur les fondements de l'inégalité

L'adversaire

La petite Fadette

La prochaine fois

Le blé en herbe

Le Mystère de la Chambre Jaune

Les Hauts des Hurlevent

Les perses

Mondo et autres histoires

Vingt mille lieues sous les mers

99 francs

Arria Marcella

Chante Luna

Emile, ou de l'éducation

Histoires extraordinaires

L'homme invisible

La bibliothécaire

La cicatrice

La croix des pauvres

La fille du capitaine

Le Crime de l'Orient-Express

Le Faucon malté

Le hussard sur le toit

Le Livre dont vous êtes la victime

Les cinq écus de Bretagne

No pasarán, le jeu

Quand j'avais cinq ans je m'ai tué

Si tu veux être mon amie

Tristan et Iseult

Une bouteille dans la mer de Gaza

Cent ans de solitude

Contes à l'envers

Contes et nouvelles en vers

Dalva

Jean de Florette

L'homme qui voulait être heureux

L'île mystérieuse

La Dame aux camélias

La petite sirène

La planète des singes

La Religieuse

1984 A l'Ouest rien de nouveau

Aliocha

Andromaque

Au bonheur des dames

Bel ami

Bérénice

Caligula

Cannibale

Carmen

Chronique d'une mort annoncée
Contes des frères Grimm
Cyrano de Bergerac
Des souris et des hommes
Deux ans de vacances
Dom Juan
Electre
En attendant Godot
Enfance
Eugénie Grandet
Fahrenheit 451
Fin de partie
Frankenstein
Gargantua
Germinal
Hamlet
Horace
Huis Clos
Jacques le fataliste
Jane Eyre
Knock
L'homme qui rit
La Bête humaine
La Cantatrice Chauve
La chartreuse de Parme
La cousine Bette
La Curée
La Farce de Maitre Pathelin
La ferme des animaux
La guerre de Troie n'aura pas lieu
La leçon
La Machine Infernale
La métamorphose
La mort du roi Tsongor
La nuit des temps
La nuit du renard
La Parure

La peau de chagrin

La Petite Fille de Monsieur Linh

La Photo qui tue

La Plage d'Ostende

La princesse de Clèves

La promesse de l'aube

La Vénus d'Ille

La vie devant soi

L'alchimiste

L'Amant

L'Ami retrouvé

L'appel de la forêt

L'assassin habite au 21

L'assommoir

L'attentat

L'attrape-coeurs

Le Bal

Le Barbier de Séville

Le Bourgeois Gentilhomme

Le Capitaine Fracasse

Le chat noir

Le chien des Baskerville

Le Cid

Le Colonel Chabert

Le Comte de Monte-Cristo

Le dernier jour d'un condamné

Le diable au corps

Le Grand Meaulnes

Le Grand Troupeau

Le Horla

Le jeu de l'amour et du hasard

Le Joueur d'échecs

Le Lion

Le liseur

Le malade imaginaire

Le Mariage de Figaro

Le meilleur des mondes

Le Monde comme il va

Le Parfum

Le Passeur

Le Petit Prince

Le pianiste

Le Prince

Le Roman de la momie

Le Roman de Renart

Le Rouge et le Noir

Le Soleil des Scortas

Le Tartuffe

Le vieux qui lisait des romans d'amour

L'Ecole des Femmes

L'Ecume Des Jours

Les Bonnes

Les Caprices de Marianne

Les cerfs-volants de Kaboul

Les contes de la Bécasse

Les dix petits nègres

Les femmes savantes

Les fourberies de Scapin

Les Justes

Les Lettres Persanes

Les liaisons dangereuses

Les Métamorphoses

Les Mouches

Les Trois mousquetaires

L'étrange cas du Dr Jekyll et de Mr Hyde

L'Ile Au Trésor

L'île des esclaves

L'illusion comique

L'Ingénu

L'Odyssée

L'Ombre du vent

Lorenzaccio

Madame Bovary

Manon Lescaut

Micromégas

Mon ami Frédéric

Mon bel oranger

Nana

Ne tirez pas sur l'oiseau moqueur

Notre-Dame de Paris

Oliver twist

On ne badine pas avec l'amour

Oscar et la dame rose

Pantagruel

Le Misanthrope

Perceval ou le conte du Graal

Phèdre

Ravage

Roméo et Juliette

Ruy Blas

Sa Majesté des Mouches

Si c'est un homme

Stupeur et tremblements

Supplément au voyage de Bougainville

Tanguy

Thérèse Desqueyroux

Thérèse Raquin

Ubu Roi

Un Barrage contre le Pacifique

Un long dimanche de fiançailles

Un secret

Vendredi ou la vie sauvage

Vipère au poing

Voyage au bout de la nuit

Voyage au centre de la terre

Yvain ou le Chevalier au lion

Zadig

À propos de la collection

La série FichesdeLecture.com offre des contenus éducatifs aux étudiants et aux professeurs tels que : des résumés, des analyses littéraires, des questionnaires et des commentaires sur la littérature moderne et classique. Nos documents sont prévus comme des compléments à la lecture des oeuvres originales et aide les étudiants à comprendre la littérature.

Fondé en 2001, notre site FichesdeLectures.com s'est développé très rapidement et propose désormais plus de 2500 documents directement téléchargeables en ligne, devenant ainsi le premier site d'analyses littéraires en ligne de langue française.

FichesdeLecture est partenaire du Ministère de l'Education du Luxembourg depuis 2009.

Plus d'informations sur www.fichesdelecture.com

Notes :